이런 새새끼들아

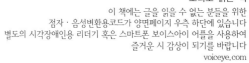

over a wall
poetry for literary coterie
19

맥놀이 8

이런 새새끼들아

2025년
맥놀이
제8집

맥놀이창작동인회

시(詩)의 사춘기

"진달래 쫓고 물장구치고 다람쥐 먹던 어린 시절에"~ '이용복 님의 어린 시절' 가사를 가끔 바꿔 부르면 뭔지 모를 반항아의 느낌이 드는 건, 잔혹동화처럼 시적인 사춘기가 와서 일지도 모르겠습니다. 매달 한차례 진행된 맥놀이창작동인 모임을 100회 넘겨보니 지난 과거를 돌아보게 됩니다. 처음 시작할 때는 매년 새 회장을 선출하여 운영하기로 하고 초대 회장이 되었지요. 그러고는 매년 연말에 "뭘 했다고 내려놓는 거냐! 잘할 때까지 다시, 다시, 다시 시작해" 이렇게 연임하다 오늘에 이르게 되었습니다. 생각해 보면 선배 시인, 동인분들의 이와 같은 애정과 관심으로 맥놀이창작동인회는 무럭무럭 성장했고 이제 8집을 여러분께 보여드리게 되었습니다. 장인 (匠人)이 명장(名匠)이 되고 명검(名劍)을 내놓듯 시를 읽으면 위로

되고 마음이 치유되는 맥놀이창작동인회를 기원하며 함께해
주신 모든 분께 감사드립니다. 고맙습니다.

2025. 5. 18.
맥놀이창작동인회 회장 김 재 현

◆ 송 재 경

◆ 송 을 미

◆ 조 경 현

◆ 송 동 현

맥놀이
김재현

월간 《스토리문학》 동화 부문 등단
월간 《문학세계》 시 부문 등단
맥놀이창작동인 회장
사랑방시낭송회 회원

유전자에 각인 되어

지워지지 않는 한민족의 상처

그냥 통로 하나 막았을 뿐인데

잠잠못을 떠나서 아프다

그냥 아프고 아프다

집 안에 사막이 있다 외 9편

김 재 현

한 마리의 검은 낙타 물 없는 사막 가운데 서 있다 윙윙거리는 가짜 햇빛과 발판이 뜨겁지만 한 방향을 향해 도는 모습을 보였다 낙타를 사지에 몰아넣은 이는 살아남기 위해 먹을 것을 찾아다니고 오아시스를 찾기 위해 끊임없이 눈길을 돌린다 눈치가 생존이고 아부가 생명 연장이 되는 사막 삼각김밥은 아무리 봐도 낙타 등이었다 컵라면 핫도그 삼각김밥 모든 간편식이 수시로 들락거렸고 굶주림과 시간에 쫓기는 알바생의 마음은 뒤로하고 낙타는 느긋하게 익어간다 정오가 되면 낙타는 유리가 된 대지를 끝없이 돌며 몸을 데운다 바람 모이는 곳에는 낙타 털도 모일 거다 전자레인지 속에서 걸음을 옮기는 낙타는 사람들에게 먹히도록 적당히 따듯해졌다 윙~ 소리와 진짜 낙타 털은 모래와 닮았다

이 이야기 주인공은 내 눈에만 보인다 편의점에서 데려온 전자레인지 속 낙타는

환승

북측 환승로를 폐쇄하오니
남측 환승로를 이용해 주십시오

지하철 1호선
역내 붙은 안내 문구 읽고
가던 길 멈춰 멍하니 한참을 본다
이념이 서로에게 총부리를 들이밀고
이제는 장벽이 되어 만나지도 못하는
이산가족 떠오르는 건
유전자에 각인 되어
지워지지 않는 한민족의 상처
그냥 통로 하나 막았을 뿐인데
잘잘못을 떠나서 아프다
그냥 아프고 아프다
통로 하나 막은 게 뭐라고
한 생이 지났는데
언제까지 이렇게 있어야 하는지
눈 우두커니 세워두고
마음이 울고 있다

새우젓

내가 왜 화가 났냐!
새우젓하고 저녁 먹는데
새우젓하고 눈 마주쳤어
새우젓 검은 눈이
노려보더라고

"야! 눈 안 깔아"

계속 노려보더라고
주홍 새우 흰 속 살
그 도드라지게 진한
까만 눈들이 소리 듣고는
모두 노려보는 거야

"이러려고 여기 데려왔냐!"

따지듯 보는데
밥맛 나겠냐고
반찬으로 데려왔는데
밥맛 나겠어
내가 화나겠어 안 나겠어

거울 보면 가끔 새우의 눈빛 본다

회상 엘도라도

절벽이 있는 강가 쪽으로 한참 걸었어! 절경이더라고 언덕 중간쯤 내려섰는데 발끝에 부딪힌 큰 돌이 엄청난 소리 내면서 구르더니 물에 빠졌어 소리에 놀란 사람들이 풀숲을 소란스럽게 헤치며 내려다보는데 좋은 명당자리를 들켰구나 생각했어 그때 사람들이 "엘도라도"라고 소리치는 거야 내가 서 있는 자리가 아닌 강바닥을 내려보면서 소리치니 의아했지 강을 들여다봤어! 그리 깊지 않은데 큰 물고기들이 물길을 따라가다 우왕좌왕하더라고 그런데 고기들 모양이 이상한 거야 자세히 들여다보니 미니어처 크기의 공룡 '타르보사우르스' 였어 공룡 등에는 작은 사람들이 올라타 있었는데 모두 뛰어내리더니 물속 돌 사이에 몸을 숨기고 두려운 얼굴로 내가 들여다보는 물 위쪽을 올려다보는 거야 너무 신기한 모습이라 나도 넋을 놓고 보는데 감정이입이 심해서였는지 물속 작은 사람들의 눈을 통해 올려다보는 나 자신을 발견한 거야 물과 맞닿은 수면이 하늘이었고 하늘은 대리석 무늬에 전체적으로는 연어의 붉은 속살 같은 빛인데 흰 띠의 줄들이 흐르고 있어 하늘 중간중간 언뜻 보이는 공간에는 평소 보이지 않던 거대한 사람들이 움직이는 모습이 비친 하늘을 불안하게 만들었는데 물속 생물들은 하늘이 무너지는 말세를 경험한 것이지 그리고 보니 개천 다리에서 내려다봤던 물속 물고기의 눈으로 본 하

늘과 우주는 이런 게 아닐까 생각이 들더라고 개천 좀 그만 파
헤치시길 엘도라도 지켜지길

날마다 어버이날
- 엄마와 싸운다 원수가 따로 없다

요양사와 교대하는 간병의 사각(死角)

집에 들어가 먼저 보는 곳

엄마의 침대

얌전히 누워있는 듯해도

힘이 조금 생기면

침대에서 탈출한다

찬 바닥에 누워 고개 든 엄마

눈 마주치니 울음 터트린다

팔꿈치와 뒤통수에 멍

지울 날 없다

"빈 침대 보는 거 얼마나 무서운지 알아!"

엄마에게 또 화를 냈다

성인 기저귀 감당 못할 생리현상에

이불 더럽히지 않으려던 행동임을

나중에야 알았다

"엄마, 엄마 잃으면 나는 고아야"

엄마가 울고 나도 울고

어른 아들과 아이가 된 엄마와의 전쟁

원수가 엄마고

나는 원수를 사랑한다

부모 뵙고 효도하는 날
그래서 오늘도 어버이날이다

100원

초등학생이라도 지폐가 좋다
아버지는 교회 가는 내게 100원을 주었다
설교가 끝나면 플라스틱 통에 자주색 벨벳
가운데 금색 십자가를 크게 수놓은 헌금통
단상 앞줄부터 뒤로 돌려졌다
나는 그날 생긴 100원을 헌금함에 넣었다
나는 가진 돈 전부 하나님께 드렸다
시간이 지나면서 헌금통이 싫어졌다
쌓인 지폐에 미끄러지고 떨어지며 나는 소리
'툭'
"얘는 가난해요" 헌금통이 소리쳤다
바닥 치는 민낯 자존감 무너졌다
헌금 시간 되면 주머니에 넣은 손
누가 볼까 동전 보이지 않게 꽉 움켜잡고
헌금통 바닥 가까이 소리 나지 않게 놓으며
소리와 싸우는 가난 저주했다
나는 동전 소리 나는 게 정말 싫다
'투~쾅'
조심히 넣었는데 더 커진 동전 소리
"얘는 정말로 가난해요" 헌금통이 더 크게 소리쳤다

너무 창피해서 고개를 더 숙였는데
천사가 귀에 속삭였다
헌금통이 부르짖는 소리를 하나님이 들으셨다고
헌금통이 "얘 부자 되게 해주세요" 외치는 소리를

종이를 깃털로 대신한다면

날

아

올

라

책을 펼칠 때마다 날개가 돋아나고
펼쳐진 세상을 힘차게 날아오를 거야
기록되지 않은 하늘을 날며
새로운 길 열거야

새로운 길 열거야
기록되지 않은 하늘을 날며
펼쳐진 세상을 힘차게 날아오를 거야
종이를 깃털로 바꾼 책 펼칠 때

자전거지팡이

자전거 사랑해서 집 안까지
실내 자전거 즐기며 한 몸으로 지내다
자전거 사고로 입원 한 달 누웠다가
퇴원하고 지팡이 대신 자전거 잡고 걷는다
데굴데굴 구르는 지팡이와 행복한 동행
누가 봐도 웃는 얼굴
자전거 멀리할 줄 알았는데
지팡이 없으면 걷기도 힘든 몸으로
자전거 다시 잡았다
자전거는 다시 일어날 힘 주는
지팡이 되었다는 소리에
보다 못한 친구

"마누라도 좀 그렇게 끼고 다니지!"

애국자

"밥 먹으러 올 때 방에 불 꼭 꺼라"
선풍기 있어도 부채를 이용하고
신문 읽지 못할 만큼 어두워져야
전등을 켠다
아버지는 그렇게 전기를 아꼈다

한전에서 도둑전기를 사용하는지
불시 점검 나왔다
"아버님은 정말 애국자네요"
한전 직원의 말을
수십 년이 지나도 자랑하셨다

어버이날 선물로 드린 안마기를 돌려받았다
전기 먹는 게 싫다고 가져가란다
엄마는 아쉬운 얼굴로 고개 절레절레 흔든다

에어컨 있는 실내 열사병으로 사망하는 노인 속출
인지 저하로 더위 대신 추위를 느끼는 것이라는데
불현듯 아버지 생각나는 건 왜일까

전기료 아깝지 않은 사람 없다
주택에만 적용하는 누진세 폐기했으면 좋겠다

엄마 수첩

쿵 소리 엉덩방아 뒤통수에 혹
안전 손잡이 의자로 막아도 다 밀치고
새벽에도 침대에서 떨어지는 엄마
식사량 줄여 힘 빼야 하나 고민했는데
이제는 몸 돌려 눕지도 못하고
누워서 눈만 깜박이는 엄마
해가 바뀌니 아예 눈 감고
떠먹이는 죽만 겨우 받아먹는다
피부 얇아지고 몸은 막대기처럼
아들이 해주는 볼 뽀뽀에
입가에 슬쩍 보이는 미소

엄마 엉덩이 욕창 생기고 나서
하늘에서 떨어지는 흰 눈이
거즈로 보이고
저 많은 거즈가
엄마 다 덮지 않기를
이제 한 조각이라도
필요 없기를
붙였던 거즈 떼어내고

하얗게 새로 덮인 자리에
붉은 피 보이면 눈물 난다
언제나 나을까

맥놀이

최민수

1995년 《르네상스》지로 작품활동 시작
월간 《문학세계》 시 부문 등단
맥놀이창작동인회 회원
방송통신대학교 국어국문학과 재학 중

오늘의 비처럼

천천히 내려준 이 비처럼

slow rain

again slow rain

하늘 끝 그 곳에서 천천히 다가와 준

이 비처럼

冬詩 외 9편

최 민 수

창밖으로 내리는 눈을
받아 적지도 못했는데
매서운 바람
지우개처럼 쓸고 지나갔다
아무것도 생각나지 않는
내 겨울 시

again slow rain

우리의 이 밤이
당신의 집 앞에서 멈추네요
입술 앞에서 멈춘
말들을 다시 가슴에 담아봅니다
다음에 또
그다음에
다음에는 꼭 할 게요
오늘의 비처럼
천천히 내려준 이 비처럼
slow rain
again slow rain
하늘 끝 그곳에서 천천히 다가와 준
이 비처럼
당신께 천천히 다가갈게요

JSA

전 세계 유일한
분단국가의 멍울
누구의 땅이고
누구의 하늘이던가
같은 말을 쓰고
같은 조상을 모시고
같은 역사를 배우고
같은 민족이라 불리운
74년의 시간
그 시간 속에서 만들어진
가장 기형적인 공간

참꽃

무엇을 보았나
수줍은 홍조
고개를 돌리며 피어
세상을 음미한다
그대 나의 꽃이 되어주오
그대 나의 사랑이 되어주오
딱딱한 내 마음 위로
그렇게 피어주오
칠흑의 어둠이
움츠렸던 기온이 사라지면
그대 나의 세상이 되어주오

2024년 1월 28일 극장을 가다

구르는 수레 위
사라진 복무신조
국민을 향한 고함
아군을 겨냥한 총 끝
당겨진 방아쇠
타오르는 굉음
짧은 소리
겨울의 끝은 길어졌다
봄의 소리 짓밟는 겨울
전투화 위 흐르는 정적
꺾어진 상명하복
비웃는 절대 충성
승리하지 못한 정의
붉은색 볼펜으로 쓰여진 역사
정의는 가시 면류관을 쓰고
그날의 봄은
붉은색 수의를 입었다

틈

봄 그 틈으로 오라
만개한 목련의 꽃잎이 반기는 그곳으로
많은 사람들이 웃음을 잃지 않는 그 시간으로
만물이 시작하는 그 함성 속으로
나의 틈으로 그대를 담고
그대의 틈으로 나를 담고
우리의 틈으로 세상을 담는
그 봄의 틈으로 오라

민식이의 동요

동그랗고
세모난 오선지
그 위에 남겨진
30의 음표들
음도 없고
가사도 없는데
모두가 공감하는 노래 한 곡
귓가에 찾아오지 않는 음들이
눈에는 찾아온다
30만큼 경건하고
30만큼 추모하고
30만큼 인내하고
30만큼 사랑하는 노래
대한민국 모든 학교 앞
눈물로 쓰여진 이 노래
오늘도 들린다

빗속에

창밖으로 그려지는
수묵화 한 장
이별한 지 몇 시간 되지 않아
빗속에 더 선명하게
그려지는 얼굴
이별이라 화려하지 못해
빗물로만 그린 시간
빗속에 그려지는
내 이별의 색은 무엇인가요

아빠의 직업

퇴근 후 집 문을 열면
새롭게 찾아오는 직업상담원
오늘의 직업은 도둑
극한의 심문들 견디고
때로는 날아오는 주먹도 맞는다
무척 아픈 모습을 해야 하는
이 직업의 계약 조건
도둑이라는 직업의 적성검사가
끝난 것일까
몇 분 지나지 않아
환자라는 직업이 새롭게 생긴다
할머니가 사주신 병원놀이 장난감 가방을
펼치는 직업상담사
가방을 펼치면
난 진단서 한 장 받지 못한
환자로 변신한다
눈으로 다가오는 청진기
강제로 벗겨지는 바지
그 위로 다가오는 주사기 하나

딸이 정해주는 직업이
참 힘든 하루

그런데 딸
이거 사대보험은 되는 거니

범도여

아 그대 그 밤에
그 강을 건넜는가
강포에 쌓인
아이의 울음소리 뒤로한 채
그 강을 건넜는가
먼발치 뒤 돌아본 고향 땅
그 흔적 마음속 끝에서 지우는 아픔을 격었는가
속살까지 뚫고 오는 매서운 한기
입김 속으로만 찾아본 온기
쫓아오는 적군 그 적군보다 더 빠른 총알 맞서 싸운 청춘
그렇게 죽지 않고 찾은 광복의 꿈
이념으로 사라진 그 꿈에서
또 한 번 강을 건너는가
붉은 완장 권총 한 자루의 권력
선택하면 사라지는 동포들
버릴 수 없는 조국의 희망을
또 다른 가슴에 새기고
쫓기고 쫓겨간 곳 카자흐스탄
그대 그곳에서 조국 향해 머리를 눕히고 누웠다

돌아갈 수 없는 강을 건너고 싶은
그 간절함을 가슴에 새긴 채
사람이 살면서
가장 아름다운 말을 꼽으라 한다면
고향이라는 단어를 꼽을 수 있다
사람이 죽는 순간에도 이렇게 아름다운 말 하나쯤은
꼭 그대에게 있었으면 좋겠다
범도여

엄마, 다시 소녀가 되어간다

감겨진 두 눈
알 수 없는 언어들
방바닥을 오간다
할머니에서 소녀가
되고 싶은 밤
21세기 속 할머니는
20세기 속 소녀가
되고픈 걸까
찰랑찰랑 머리카락을 넘기는
모습을 흉내 내는 할머니
잡풀과 들꽃 사이
작은 길을 걷는 소녀
그 길을 걷다 보면
소녀에서 새댁이
새댁에서 엄마
또 엄마에서 아주머니
아주머니에서 할머니로
이어지는 대장정의 길
꿈속의 엄마는 걸어 온 그 길을
다시 되돌아 걷고 있다

民主靴

쫓기는 하얀 신발
쫓아오는 검은 신발
안개처럼 다가오는 최루탄 가스
피 묻은 공기 속 외쳐진 비명
하얀 세상 위로 붉은색 꽃잎 떨어졌다
먼저 간 아들의 신발을 두 손에 든 엄마의 절규
"많은 청년이 네 가슴에 담긴 원한 풀어주길
안되면 엄마가 갚을 란다
안되면 엄마가 갚아."
1987년 6월 10일
그의 신발은 民主靴로 남겨졌다
이한열
그는 오늘도 펼치지 못한 꿈을 싣는다

맥놀이
전용숙

《창조문학》 신인상 등단
맥놀이창작동인회 회원
예촌문학 동인회 회원
사랑방시낭송회 회원
시마을 회원, 한국문인협회 회원
시집 『날』 『말의 온도』

비의 말은

오늘도 계속되는데

밤새 눈뜨고 듣는다

그냥 듣는다

빈들 외 9편

올 풀린 스웨터 같은
빈들이 드러누워
겨울을 난다

뒤척일 때 일어나는 음영이
파도처럼 오가는
겨울의 들이 앓는다

지난해를 반성하고
올해를 또 걱정하며
제대로 몸살 중이다

더 아파야
일어날 수 있는 걸 아는 걸까
빈들은 허세가 심하다
허세의 등 쓰다듬는
햇살의 손놀림은 여전히 느긋한데

빈들은 심한 어리광으로
햇살 아래 몸을 뒤척인다

또다시 풀린 스웨터 구멍 같은 들
한곳에 모이는 물

막바지 몸살에
들은 저렇게 누런가 보다

이불 털기

엄마 한숨이
손 방망이에 추임새 넣으면
까르르 웃음이
행복인 줄 모르던
시절

겨울 덮던 이불 털면
푸석대며 날리던 것
가난인 줄 모르던
시절

이불털기 하다
한숨 반 웃음 반
아지랑이로 돌아오는
봄날

핼쑥한 겨울만 야윈다

간다 봄

천연스레 바람 흔드는 꽃그늘
만장 같은 꽃잎 앞 선다
그래도 우는 이 하나 못 보겠다
웃음소리 곡소리로 퍼지는 날
간다 봄

무참한 꽃잎 바닥에 깔려
그저 발디디기 바라는 시간
어제까지 만장이던 꽃잎이란 걸
잊히고 잊고 덮이는 날
간다 봄

울지 않고
그래 이제 울지 않고
마음에 오롯이 담아
기억하겠다고
기억하자고
간다 봄

어둠 속 능소화

한 줌씩 짧아지는 어둠
까치발의 불빛까지
아우성입니다

어둠 속 능소화

바람에 흔들리며
기다림을 뿌리친 몸부림
그리움 바람에 날립니다

더듬더듬 불 밝히는 빛
가까이 봐야 보이는 불은
기다림의 시작입니다

제 몸에 불 밝힌 꽃들
타오릅니다
화알활 타오릅니다

혼잣말

주점 창 깨고 나오는 말
전달되지 않고 뛰쳐나와
늦은 밤까지
자동차 불빛에 갇혔다

세상이 몰고 다니는 허세
한 줌씩 떨구는 어둠
짙은 잿빛으로
민낯을 감추는 시간

서로를 보지 않아도 좋다

내 말 들으라고
지칭하지 않아서일까
혼잣말한 적 없는데
했던 말
잠드는 머리맡에 와 있다

누구와 그 많은 말 한 거지?

유배

섬을 넘지 않았다

감시하는 파도 여유롭다
달려들다가 물러나고
멀리서 와르르 온다
유배는 신선하다

아직 마음 묶였다
섬 안에 갇힌 자리
달아날 곳 없는데
유배는 지독하다

새벽 지키던 파도
엎드린 사이
물 사이를 걷는다
달아날 마음 없는 걸 아는
유배는 자유다

익숙해질 길 익숙해질 시야
길들이려 애쓸 일 없는
낯설기 싫은 내가
유배를 왔다

생각 섬에 가뒀다

빗소리

가끔 들어준다
비가 하는 말
고르지 않은 소리
멱살을 잡아 흔드는
그 소리를 듣는다

안 들어주면
밤새 떠들겠다
으름장도 쾅쾅 대면서
창도 흔들고
나무도 흔들어 대며
제 말에 열심이다

그냥 들었다
등 토닥인 적 없이
함께 절절하게 운 적 없이
비의 말은
오늘도 계속되는데
밤새 눈뜨고 듣는다
그냥 듣는다

나는 언제
빗소리 번역해 들을 수 있을까
저토록 번번한 울음을
제대로 들을 수 있을까

곡비날개·2

눈
밤새 얼었다
다시 녹아
물 되는 날

곡비들
울음 얼었다
소리 낼 수 없는
더딘 속울음

어깨 덮은 함박눈
토닥토닥
한 자락씩
뚝 뚝
녹아내린다

누구를 위해
울러 나왔을까
함께 한
눈

식어가는 시간 속
허리 휜
곡비 머리맡
물 한 그릇

한 모금 넘기는 소리
귓가에서 커진다

바다와 하늘에 선이 생길 때까지

1
비 오는 날
섬은 소리가 없다
비만 두고
모두 어딘가로 들었다

새도 입을 다물고
개들도 조용하다
모두 어딘가 안에서
비를 본다
어떻게 돌아다니나
감시 중이다

소리 삼킨 비
빗소리 비껴 숨은 소리
아마도 한동안 침묵하겠지
바다와 하늘에 선이 생길 때까지

2
소리가 없는
섬 골목골목을
비가 뛰어다닌다
소리를 찾아 헤맨다
바다와 만나 겨우 말한다

바다와 하늘이 닿아
선 없어지면
꾹 다문 입술이 일자로
일체의 소리를 삼킨다
섬엔 소리가 없다
비 내리면

소리를 삼킨 비
빗소리 비껴 숨은 소리
아마도 한동안 침묵하겠지
바다와 하늘에 선이 생길 때까지

자유

무거운 비늘이
온몸에 붙어 흐느적거린다

겁날 것 없다고
버둥대 봐도
좀처럼 털어내지 못하는
빛의 줄기 가득한

인어는 우울했을까
나처럼
우울의 비늘 들러붙어
떨어지지 않았을까

비늘 녹아내리는 걸 보며
드디어
우울에서 벗어났을까

우울의 비늘 떨구던 날
인어는 물거품으로
육지에 닿았다

맥놀이
송 재경

맥놀이창작동인회 회원
《다시올문학》 신인상

진분홍 비단으로

온몸 두르네요

하얀 메밀꽃 얼굴엔

불그레한 가슴앓이

첫 연정 묻어 있네요

메밀꽃 외 9편

송 재 경

닥지닥지 작은 밥풀 꽃
눈여겨보시와요
예로부터
오방지영물이라지
가늘디가는 녹색 줄기
진분홍 비단으로
온몸 두르네요
하얀 메밀꽃 얼굴엔
볼그레한 가슴앓이
첫 연정 묻어 있네요

명맥

나뭇잎 __ 무한히
가을에 __ 쟁이고
떨구고 __ 무언가
겨울엔 __ 채운다
오로지 __ 인생은
버틴다 __ 어떻게
잎맞이 __ 비울꼬

天心

매 순간
철썩이는 저 거대한
바다 권력

낮아지라
숨으라
사라지라

기필코
꼿꼿이 부활하는
작디작은 섬

만나다

세상

안보이더이다
찾아낼 수 없더이다
예배당 성당 사찰

순수

생가지

불 지피면 그을음만
애꿎은 눈물 콧물
매캐한 연기
설익은 시

하늘 같은 밥
언제쯤
지으려나

불효막심

오늘도 모친에게 미주알고주알

엄마 품은 소나무 밑동

외면하고픈

성묘는 주저주저

생전보다 더 이심전심

어머니

참게장

지푸라기에 줄줄이 엮여
덜컹거리는 야간열차에 시달린
섬진강 하동 청정 참게
천신만고 끝 안착한 정갈한 항아리
하사된 큼지막한 쇠고기 한 덩이
써걱써걱 와글와글 요동치는 항아리
정적의 절묘한 순간 부어지는 간장

쪽쪽 열 손가락 빨던
달디단 할머니 맛
머잖아 저세상에서 맛보려나

윤슬 너는

호수 위

파닥이는 수천수만 은비늘
한여름 넋 홀리는 눈부신 묘무
선명한 아린 생명

한낮 호수로 물놀이 온 은하수 같아라

먹물 값이라도 하시지

지랄 염병하고 자빠지신 분
귀신 씻나락 까먹는 나리
연자 맷돌 매달아 오적에 올릴 분
지고지순한 백성을 농락한 놈
귀한 판사 신분 대 역적질한 자
연판장 돌려 능지처참 부관참시 당할 놈

외줄

연

꼬리 이어 연줄연줄 승천
까마득한 강변 하늘
한들한들 춤추다
얼레에 되감긴 연줄
살포시 다가앉는
저세상 연

우리네

되

감

지

못

하

는

명줄

맥놀이
조경현

맥놀이창작동인회 회원
배우, 연출가
동국대학교 연극과 졸업

뜨거운 여름 햇살

견뎌낸 너는

겨울 바람 친구 맞듯

그저 한들한들

흐느적 흐느적

봄 _{외 9편}

조 경 현

건물과 건물 틈
반지하 담벼락
햇볕 한 줌 스미는 오후
헐벗은 복숭아 가지
미소 짓는다

먹다 버린 복숭아
씨앗을 뚫고
뜨거운 여름 햇살
견뎌낸 너는
겨울바람 친구 맞듯
그저 한들한들
흐느적흐느적
흘려보낼 뿐

온 곳 모르고
갈 곳 모름에도
뿌리 박고 있을 뿐

봄이 오고 첫 꽃 피면
그저 웃겠지
나 역시 널 보고
그저 웃을 뿐

겁쟁이

검푸른 바다 위
처연한 오렌지빛
샌프란시스코 금문교

길게 늘어진 난간 저 아래
날름 삼킬 듯 허연 아가리들

조금만 더 숙이면
닿을 듯한 생사의 끝자락
차마 벗을 수 없는 신발 위로
주르륵 떨어지는 눈물방울

가만히 고개 들고
친구의 이름을 불러본다

이토록 무서운데
너는 어찌 한 걸음을 내디뎠니

난 겁쟁이가 되련다
허공을 딛느니
네가 남긴 오늘을 밟으련다

잃어버린 우산

바보처럼
또 잃었네

다시는 찾을 수 없고
만날 수도 없어
볼래야 볼 수 없고
만질래야 만질 수도 없는 너

내 마음 비 내리는 날
그리운
너의 촉감

너

네가
들어온다

요동치는
별들의 광란
꽃잎의 날갯짓
새들의 교성
퍼지는 황홀

영원하길!

꽉 쥐었던 손
스르륵
사라지는
너의 꼬리

어깨를 들썩이는
나의 우주

슬픔은 잠시
저 멀리
또 다른 너

항행

한때는 미칠 듯 사랑한 너
머릿속엔 온통 네 생각뿐
너라는 바이러스에 점령된 나
난 너의 숙주
봐도 봐도 채워지지 않는 허기짐

고통의 끝에
이제야 알 것 같다
너와 나는 다른 우주
가까이 같은 방향을 갈 순 있어도
너는 내가 아님을
나는 네가 아님을
양성자 주위의 전자처럼
너와 나는 우주만큼의 거리

본다는 착각으로
네가 내 안에 있다 여겼다
너의 그림자만이 내 안에 있을 뿐
우린 애초에 닿을 수도 없는 먼 거리
닿았다는 촉각만 있을 뿐

내가 너 안에 들어가도
네가 내 안에 들어와도
결코 하나가 아님을
하나가 될 수 없기에
너와 난 늘 허덕이는
욕망의 짐승들

내가 가질 수 있는 건
너의 그림자뿐임을 알았을 때
스스로를 얽어맨 굴레를 풀고
갈 길을 간다
내 우주의 항행

지금

오직
지금뿐

과거의 꽃은 시들고
미래의 꽃은 봉오리조차 없다
현재의 꽃만이 피어있다

유일한 선물
지金

뒤끝

나보고
뒤끝 장난 아니네

유방암 3기 수술실 앞
아버지에게 남긴 엄마의 한마디
병신 병신 하더니
당신 말대로 병신 돼서 좋겠수

내 뒤끝은 엄마의 자궁에서
나왔나 보다

그땐 몰랐네

먼지 쌓인 업무 수첩 한 켠
빛바랜 사진 한 장

개나리 노랗게 핀 회사 뜨락
작은 나의 어깨 위
살포시 손 얹은 키 큰 그녀

그땐 몰랐네
날 향한 해바라기 한 송이
수줍게 피어 있음을

그땐 몰랐네
장미만을 쫓던 어리석은 시절
노오란 그 미소
사랑이었음을

아기

새근새근
꿈을 꾸나
눈가가 실룩실룩
입술도 오물오물

가냘프게 뜬 눈
아직 꿈에 취한
흐린 눈동자

가만히 쳐다보니
살며시 손 내밀어
내 뺨을 어루만진다

어! 이게 뭔 냄새지
기저귀 갈 때구나
참 손이 많이 간다

날 낳아준 저 몸은
점점 아기가
되어간다

파과

빠알간 사과
산을 쌓은
바구니 틈

덩그러니 외로운
파과 하나

한 바구니 사니
덤으로 온다

세월에 찢긴 상처들
팔리지 않는 서글픔

말라비틀어졌지만
아직은 달다

맥놀이
송을미

한국방송통신대학교
국어국문학과, 중어중문학과, 교육학과 졸업
명지대학교 경영대학원 복지경영학 석사과정
맥놀이창작동인회 회원

만약에 만약에

병아리되어 깨고 나오면

폼 새로 잡겠지

이런 새새끼들아

나의 동백꽃 외 9편

송 을 미

"헤일 수 없이 수많은 밤을 …
언제 … 찾아오려나."
동백아가씨

온 세상 온 첫눈 함께
세상 뜻 다 이룬 듯
내 품으로 스며들었는데

왜 인지
말도 안 되게 다시 놓쳤구나

산수유 꽃피고 진달래 꽃봉오리
여전히 돌아오는데
네 소식통만 아직도 비어 있구나

희망 뿌린 소망빛 예지몽
다시 오려나
그래도 피었어라
어찌어찌 일지라도

나 개나리

쏜살같이 지나가기 전
나 본 사람 만세
봄 다시 봄 만세
주인님 만만세

나 개나리
너 진달래
넌 왕벗꽃
그 류화 매화 도화 이화 둥둥
봄을 활짝 열어 봄

설렘門부터 A4問까지

준비하는 설렘門 앞
가방 챙기기까지 완료
잠이야
서너 시간 자는 둥 마는 둥

두어 시간 미리 출발했어도
동기들 벌써 모두 도착

배포된 A4問 석 장
뭐든 어찌 채우고 시험 끝
이겨냈다
만학도 한 학기 通

분노를 먹어버린 소리

좋은 사람이려고 참았던
억울한 분노
모깃소리보다도 못 내다가
가장 편한 친구에게 징징징

참고 참았던 외침
나도 사람인데
가장 가까운 식구에게 버럭

육십 갑자를 코앞에 두고도
유아보다 못한 말더듬에 쌓이는 불통

새벽 귓가 앵앵 달려든 모기
다시 엥엥 달라붙은 모기
연거푸 달려들어 앵앵거리던 모기
모두 잡았다
날 못살게 괴롭히는
원수 잡듯이

알 폼잡기

서른 개씩 줄 섰을 때
폼 괜찮았다
판이 깔렸으니

펄펄 끓는 물에 팔분 있었어도
폼 나쁘지 않았다
서서히 데워진 물에 끓여졌으니

장조림이 되었어도
폼 좋았다
옅은 간장에 물들여졌으니

만약에 만약에
병아리 되어 깨고 나오면
폼 새로 잡겠지

이런 새새끼들아

된서리

부채 상환 증명서 (법무용)
채무자 ○○봉
최초 대출 일자 2022년 07월 25일
납부 금액 13,400,000원
해당 대출 건의 납부를 증명합니다
발급용도 법무용
2024년 10월 17일
주식회사 ○○캐피탈 담당법무팀 김○○

이렇게 온 가짜 말고
진짜로 내가 만들어줄게
가짜 지급정지 요청서로 보낸 그 돈은
돌려놔!
진짜 내 부채 상환하고
잇고
살게!

기적의 크리스마스

성탄축하예배 때 당첨된
544번 메리크리스마스 케이크 들고
두 달 전 보이스 피싱으로 피폭당한
우리 집 도착

조용한 가족들의 늦은 점심
케이크는 맛났다

늘어진 조용한 오후
다급하게 재촉하는 초인종 소리에
문 열었더니
경찰이 딱 서서
전화 안 받아 집으로 직접 왔다고
보이스 피싱 당해
된서리 맞은 돈 찾게 되었으니
내일 은행 가서 찾으라고

몇 차례 간 은행
가서 찾았다!
전액 일천삼백사십만 원 돌아왔으니

나 다녔던
성탄절 맞이 새벽기도 주제
'기적의 크리스마스'
감격스럽게 우리 집에 안착!

우수 개나리

"총 들고 누가 쫓아온다" 셨던
아빠의 알츠하이머 조현병은
분명 월남전 참전 트라우마인 듯

병원 동행 환자 아빠
"의정부는 지났지?"라며
내 차에 동승 때 일러주신 성경 말씀
"네 부모를 공경하라 …
그리하면 복을 받으리라"
수고하는 자식 복 받기 바라는
부모 마음인 듯

내가 끓여드린
닭볶음탕 한 냄비에
"누군 이렇게 안 해줘!"
칭찬이 하고 싶으셨던 듯

집 근처 호수공원 개나리 앞
독사진 모델 아빠
내 휴대전화 카메라 속에
직접 찍어 넣었는데
어느 폰에 있나?
내 눈 속에서나 찾을 수 있으려나?

1월 안개

1월 한겨울 자욱한 밤안개
나 아빠 옆에서
떠나가지 말라
흰 눈 대신 깔아 놓으셨나

아빠 가시는 길
더디 가실 핑계 대라
밤새도록 깔아 놓으셨나

머언 삼척 화장장 새벽길
아빠 눈물 감추시라
해뜨기까지 깔아 놓으셨나

이 상처 저 고생
저린 평생화 그려 남기시고

병원 중환자실 계실 적
얼굴만 보고 다시 오겠다는
내 목소리에
대답도 없으셨는데

나 태어나던 때 조차도
월남전 생사 넘나드시느라
옆에 있지 않으셨다더니
돌아가실 때도
나 없을 때
1월 안개에 싸여 떠나셨다네

가감승제(加減乘除)

버터 사과 흑설탕 시나몬
미량의 소금 넣고 조려
치즈랑 식빵에 얹어
'사치붕'* 만들잔다

젖과 꿀이 흐르는 땅에선
이렇게 하겠구나

떨어진 흑설탕 대신 꿀은 있는데
우유가 없다

꿀과 우유 있고
버터랑 시나몬은 있는데
식빵이 없네, 사과도 없다
또 모자란 탓 탓탓!

그래도 있는 것 더하기 감사
없는 탓은 빼고 빼기
곱으로 사치붕 만들어
만나 남김 없듯 나누며 살기를

※ 사치붕: '사과치즈붕어빵' 이라고 TV 방송 중에 연예인 류수영이 개발했다는
메뉴.

맥놀이
송동현

2001년 시집 『꿈을 펼쳐!』로 작품활동 시작
맥놀이창작동인회, 사랑방시낭송회
이음창작동인 회원
북디자이너, 도서출판 담장너머 대표
시집 『꿈을 펼쳐!』, 『사랑水』

너무 작아 부서질까

햇볕 한줌 나누는 꽃다지

다 피지도 못하고 흙에 묻힐까

하늘이 비를 흘린다

손잡고 걷고 싶다 외 9편

송 동 현

손잡고 걷고 싶다
메모장에 저장해줘

연애하고 싶군요?
낭만적인 말입니다

제발, 제발 그 봄
언제였는지 묻지 마라

선언

옆 차가 만든 물폭탄이
앞을 가렸다
무서워 브레이크를 밟지만
앞으로 가는 속도에
겁이 난다

여름은 끝났다
선언하는 차가운 비
이렇게 많이 쏟아 놓는 것은
잊지 말고 기다려 달라는
끝여름 悲

끝

함께 같이 우리
여름이라고 불리는 시간
있기만 해도 좋은 것들이 있다

빈자리로 일상이 찢어져 무엇도 할 수 없을 때
가을이라는 말을 듣고 내가 결정할 수 없는
무기력함에 다시 잇자고 말하고
기다려달라 가지 말라 울고
기도하는데 잊으라 한다

결정은 내 몫이
아니다
끝비
夏

하늘 시간 따라

끝나지 않을 듯한 더위
잠시 춥다 다시 더워도
겨울 채비하는 나무
나뭇잎을 말려 떨구네

그래그래 부는 바람
하나 둘 셋 안타까워 꼭 잡고
파랗게 높아지는 하늘
새들과 말길을 튼다

선물

가을을 몰고 밤바람
문 열린 사이로 소리 없이 들어와
크게 불렀다 니야아오옹~
겁에 질린 쥐를 보며
보답하려 최고 좋아하는
선물 가져왔노라고 의기양양
놓칠까 경계하며 냐아옹~

깜짝 놀라 휴지로 잡아야 하나
종이컵을 발견하고
가방 주변을 들추며
두번 세번 만에 가두었다
종이컵에 담긴 쥐를 통째로 창밖으로 던지고
아무 일 없었던 듯
컴퓨터 앞에 앉았다

칭찬해 줄 수 없다
혹시 뱀이라도 물고 올까 걱정에
놀랐다 야단도 못 한다
선물 주고 야단맞으면
어떤 마음일까 걱정에
잃어버린 선물을 찾는 냥이
찾고 또 찾는다

한참이 지나 상심한 발걸음
소리 없이 침대로 간다
힘없이 털을 고르며
자랑하려다 속상해하는 표정이 보인다
받고 싶은 선물만 좋아하는
내가 미안해해야 한다

그날 고양이는 사랑받고 싶었을 뿐이다

자실하다

없어도 이상하지 않다
찾지 않아 사라진 울음꾼

앞소리꾼 메기는 가락
상엿소리 흥 만들던 상여꾼

울음판 없이 망일하는 날
섭섭할 텐데 말이 없다

망연한 날 벽으로 선 세상
시간을 밟다듬이하는 나

덜컹거리는 겨울

면접을 보고 또 보고
기간제 너무 크게 누른다
덜컹거리는 겨울이다
날마다 추석 같았는데
뭐가 달라졌을까

재홍씨 없는 세상

날마다 나 잘되라고
얼굴 한번 보지도 못해도
눈물로 기도했겠지
얼어붙은 흙에 누워서도
선생 아들 자랑하겠지

자고 싶다

침대 위 방석에 자리 잡고
팔베개하고 꼬리 툭툭 잔다

손발 웅크렸다 기지개 쭈욱
창밖에 실눈 한번 주고 잔다

햇살 드니 따듯한 온기
눈 가리고 꼬물꼬물 또 잔다

기도 123

그밤
총칼로 무장한
707특수임무단 제1공수특전여단
수도방위사령부 군사경찰특수임무대
그들로 전쟁터가 되었다
계엄 해제 투표
국회의원
190명

그밤
잠들 수 없는 고통
심장을 정으로 쪼며 각인된 그시간
총구는 겨누지 마세요
기도했다
제발
12
3

꽃은 지우지 마세요

봄 햇살 깊게 넣으려고
땅을 파는 카랑카랑한 관리기
가을을 가득 그리기 위해
보송한 흙색 바탕 만든다

너무 작아 부서질까
햇볕 한 줌 나누는 꽃다지
다 피지도 못하고 흙에 묻힐까
하늘이 비를 흘린다

차마 지울 수 없는 꽃
사월 더 노랗게 살아라
따뜻한 마음 한 번 더 안아라
점 점 진하게 비 두드린다

인지생략

Over a Wall
Poetry for literary coterie
19

2025년 맥놀이창작동인회 제8집
이런 새새끼들아

2025년 05월 25일 초판 1쇄 인쇄
2025년 06월 03일 초판 1쇄 펴냄

지은이 | 맥놀이창작동인회
카   페 | cafe.daum.net/Maengnori

발행인 | 송계원
디자인 | 송동현
제   작 | 민관홍 민수환
발행처 | 도서출판 담장너머
등   록 | 2005년 1월 27일 제2-4102
주   소 | 11123 경기도 포천시 화현면 달인동로 89-1
전   화 | 031-533-7680, 010-8776-7660
팩   스 | 031-534-7681
이메일 | overawall@hanmail.net
카   페 | http://cafe.daum.net/overawal

2025 ⓒ 맥놀이창작동인
ISBN 89-92392-68-6 03810
값 13,000원